AF340359

LE MIRACLE

ARRIVÉ EN L'EGLISE

NOSTRE DAME

de Paris.

Ce vingt-huictiesme Auril, 1626.

A PARIS,

Chez Iean Cresonner, ruë
sainct Iean de Beauuais.

M. DC. XXVI.

LE MIRACLE
ARRIVÉ EN L'EGLISE
NOSTRE DAME

A PARIS,

Chez Jean Crefonne, ruë
sainct Jean de Beauvais.

M. DC. XXVI.

LE MIRACLE

ARRIVE' EN L'EGLISE
NOSTRE DAME DE
Paris ce 28. Auril 1626.

A Saincteté faict
les miracles, &
les miracles ne
font pas la Sain-
cteté. Ce iour-
d'huy vingt-hui-
ctiesme Auril, mil six cens vingt-
six, dans l'Eglise de noſtre Dame, a la veuë de tout le monde
s'eſt preſenté à nos yeux l'acó-
pliſſement des merueilles, non
ſeulement de ceux qui ont fait
& parfait leur Iubilé, mais ceux

A ij

qui deuotieufement s'y prefen-
te, confacre leur feruice à noſtre Dame, Car il eſt arriué qu'v-
ne fille malade l'eſpace de fix
ans en l'Hoſtel Dieu de Paris,
d'vne paraliſie fi furieuſe que
les hanches marchant luy clo-
quetoient, à cauſe de la debilité
& foibleſſe des nerfs, foit que
cela luy vint naturellement ou
par quelque extez commis de
ſa faute, ou de ceux ou celle
defquels elle a eſté nourrie &
eſleuée, de telle forte que c'eſte
fille agee de 16 ans ayāt fait fon
Iubilé, & accomply les prece-
ptes neceſſaires pour le gaigner
deuément & felon que Dieu le
defire, ayant neantmoins faict
durant ſa maladie vn vœu à N.
Dame de Lieſſe, d'aller viſiter ſa

Chapelle auec vn humble fen-
timent des bienfaits receus d'elle en fa maladie, par des confo-
lations particulieres. enfin fon
veu par fon Confeffeur prudent
& difcret, ayant efté non aboly
ains changé, à s'aller prefenter à
noftre Dame, comme il a efté
dit, s'agenouillant auec des an-
goiffes preignantes, eut de grã-
des fueurs froides & extraor-
dinaires, de telle forte qu'age-
noüilée & d'vn amour extati-
que, ayant prefenté le parfun
de fes prieres & imolé fon ame
au feruice & hommage de celle qui tenoit fes affections en
bride, qu'elle ne la pas fi toft a-
cheuée que voila fe leuant a-
uec de la refiftance comme elle
auoir de couftume, lequel fe

membres, qui gemissoit soubz
vne langueur si continue, iec-
tant ses potences à bas, se sen-
tant soulagee, sort & franchir
la porte: le monde voyāt vn tel
miracle, que ceste fille qui vn
quart d'heure auparauant a-
uoit des difficultez à marcher,
marchoit hardiment à la teste
des assistans. Crie miracles, voyla les merites que l'on voit, l'on
reconnoist la verité, que c'estoit
ceste fille mesme, Anne de Pre-
uille, de la ville de Nogen le
Rotrou en Beausse aupres de
Chartres, qui auoit eu tant de
mal en sa paralysie de perclu-
sion des hanges, voyla le Te
Deum qui se chante, ses poten-
ses penduës auprès d'icelle no-
stre Dame, & ceste fille entre-

renuë aux frais & defpens d'i-
celle Eglife fa vie durant, &
Monfeigneur l'Archeuefque
connoiffant la verité, la enregi-
ftree en fes regiftres, comme
chofe digne de remarque, ie ne
m'en eftonne point du miracle
d'auiourd'huy, car l'on ne voit
guere de fille refufee de leur
mere; cefte fille portoit le nom
de la mere de la Vierge, cela
feule eftoit capable de luy faire
oétroyer enuers la Vierge. Voyla ce que i'ay peu apprendre de
Meffieurs du Chapitre, & des
Meffieurs les Chanoines Re-
guliers de l'Hoftel Dieu.

Adieu.

senus aux frais & delpens di-
celle Eglife fa vie durant, &
Monleigneur l'Archeuefque
connoiffant la verité, la enregi-
ftrée en les regiftres, comme
chofe digne de remarque, ie ne
m'en eftonne point du miracle
d'auiourd'huy, car l'on ne voit
guere de fille refufée de leur
nuire, cette fille portoit le nom
de la mere de la Vierge, cela
fait eftoir capable de luy faire
honneur enuers la Vierge. Voyla ce que i'ay peu aprendre de
Meffeurs du Chapitre, & des
Meffieurs les Chanoines. Re-
guiers de l'Hoftel Dieu.

Adieu.